Un personnage de Thierry Courtin

© 1998 pour la première édition.
© 2017 Éditions Nathan, Sejer, pour la présente édition,
25, avenue Pierre-de-Coubertin, 75013 Paris
ISBN : 978-2-09-257422-5
Loi n°49-956 du 16 juillet 1949
sur les publications destinées à la jeunesse,
modifiée par la loi n°2011-525 du 17 mai 2011.

Achevé d'imprimer en février 2017 par Lego, Vincence, Italie.
N° d'éditeur : 10228577 – Dépôt légal : avril 2017.

T'choupi
fait une cabane

Illustrations de Thierry Courtin

Cet après-midi, T'choupi
a envie de jouer
dans le jardin.
– Maman, tu viens jouer
avec moi ?
– Je n'ai pas le temps,
T'choupi. Demande à papa.

– Papa, tu peux venir jouer avec moi ?
– D'accord T'choupi, mais pas tout de suite. Je finis d'arroser.

T'choupi s'ennuie.
– J'en ai assez, personne
n'a le temps de jouer avec moi !

Mais, une fois rentré
à la maison, T'choupi
a une idée :
– Tu viens, Doudou,
on va faire une cabane !

– Je prends mes petites voitures, mon livre préféré. Et puis, mon camion pour tout transporter.

T'choupi construit la cabane avec un drap et des pinces à linge.
— Regarde Doudou, comme elle est belle. En plus, c'est une super cachette !

– Si tu veux, Doudou,
je te raconte une histoire,
rien que pour toi.
Et T'choupi parle tout bas
pour qu'on ne l'entende pas.

Un peu plus tard, papa
et maman cherchent
T'choupi partout.
— T'choupi, où es-tu passé ?
C'est l'heure du goûter.

Tout à coup, le vent soulève le drap.
— Ouh là là ! s'écrie T'choupi, la cabane s'envole. Je vais mettre un caillou pour qu'elle tienne bien.

Papa et maman ont retrouvé T'choupi.
— Toc, toc, toc !
— Coucou, dit T'choupi, c'est ma nouvelle maison !
— Tu nous invites ? demande papa. On a apporté le goûter !

Découvre d'autres aventures de T'choupi

1. veut un chaton
2. ne veut pas prêter
3. n'a plus sommeil
4. jardine
5. fait du vélo
6. est trop gourmand
7. est en colère
8. s'amuse sous la pluie
9. se déguise
10. fête Noël
11. se baigne
12. fait un bonhomme de neige
13. fait une cabane
14. rentre à l'école
15. a peur de l'orage
16. a une petite sœur
17. se perd au supermarché
18. prend le train
19. part en pique-nique
20. est malade
21. fait une surprise à maman
22. fête son anniversaire
23. a perdu Doudou
24. fête Halloween
25. fait un gâteau
26. va au cirque
27. fait de la musique
28. veut regarder la télé
29. fait un tour de manège
30. s'occupe bien de sa petite sœur
31. fait la sieste
32. est fâché contre papa
33. va sur le pot
34. a peur des chiens
35. cherche les œufs de Pâques
36. prend son bain
37. veut tout faire tout seul
38. aime la galette
39. ne veut pas se coucher
40. va à la piscine
41. fait des bêtises
42. part en vacances
43. est poli
44. s'habille tout seul
45. fait du poney
46. a une nouvelle nounou
47. a la varicelle
48. dort chez papi et mamie
49. bientôt grand frère
50. déménage
51. fait du bateau
52. mange à la cantine
53. a un bobo
54. a une amoureuse
55. va à la ferme
56. n'aime pas la bagarre
57. fait du ski
58. n'a plus de tétine
59. joue au tennis
60. dit non !